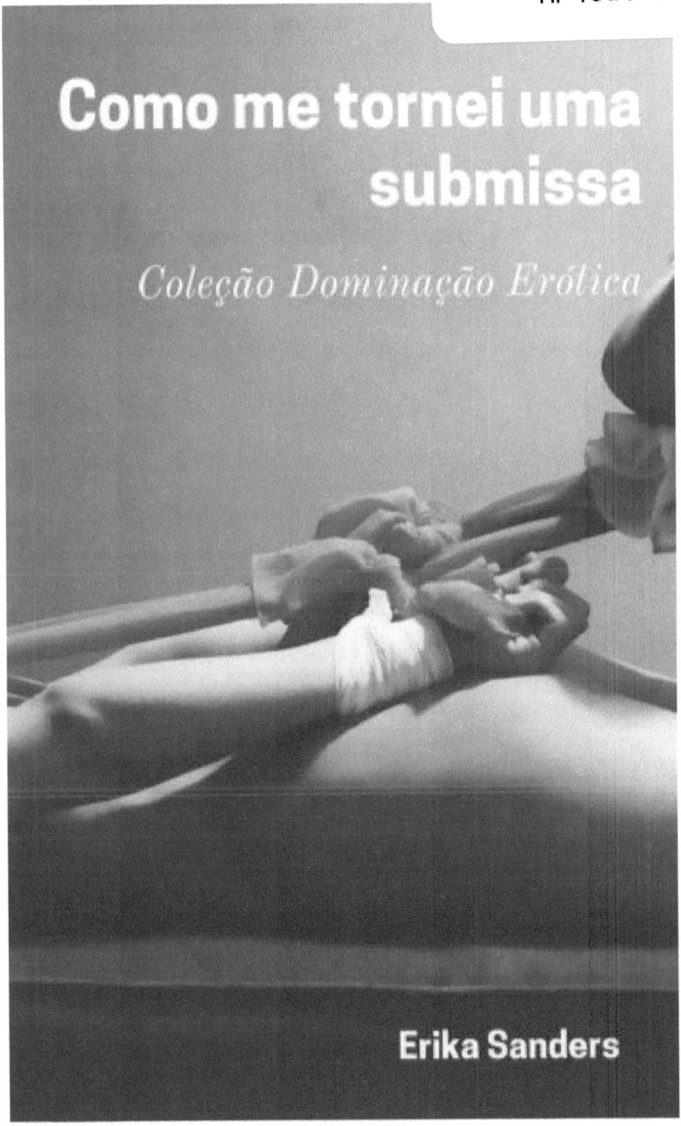

Como me tornei uma submissa

Coleção Dominação Erótica

Erika Sanders

Como me tornei uma submissa

Erika Sanders
Serie
Coleção Dominação Erótica

@ Erika Sanders, 2024

Imagem da capa: @ Hajo Dancke - Pixabay, 2024

Primeira edição: 2024

Todos os direitos reservados. É proibida a reprodução total ou parcial da obra sem a autorização expressa do proprietária dos direitos autorais.

Sinopse

Nesta história, conto como comecei a explorar as sensações de agir de forma submissa em um relacionamento sexual.

Espero que gostem tanto quanto eu gostei da experiência e poder relatar para vocês.

Como me tornei uma submissa é um romance com forte conteúdo erótico de BDSM e, por sua vez, um novo romance pertencente à coleção Erotic Domination, uma série de romances com alto conteúdo de BDSM romântico e erótico.

Nota sobre a autora

Erika Sanders é uma conhecida escritora internacional que assina seus escritos mais eróticos, longe de sua prosa habitual, com seu nome de solteira.

https://www.instagram.com/erikasamanthasanders/

Índice:

COMO ME TORNEI UMA SUBMISSA
ERIKA SANDERS

CAPÍTULO I

Eu choraminguei, tremendo quando acordei.

Eu tentei rolar sobre meu estômago, mas meus braços estavam presos acima da minha cabeça, meus pulsos amarrados.

Minhas pernas estavam em uma situação semelhante, esticadas juntas, enquanto eu estava deitada de costas na cama, meus tornozelos amarrados.

Foi provavelmente a primeira vez que minhas pernas foram fechadas em horas.

Eu me perguntei por quanto tempo ele me deixou dormir.

Uma risada profunda veio de cima de mim.

Mudei minha cabeça para a esquerda e depois para a direita, mas não consegui ver nada porque estava com uma venda nos olhos.

"Shh, shh, shh."

Dedos ásperos e suados percorreram levemente minha bochecha, e estremeci.

"Você está tão linda, Erika, minha querida. Agora, apenas relaxe."

Fechei os olhos, como se isso fizesse diferença, e respirei fundo.

Fiquei um pouco trêmulo, então tentei novamente.

Quando fui capaz de inspirar e expirar sem que meu corpo tremesse com seu contato constante e com as promessas ocultas em sua ordem silenciosa, deixei minha cabeça virar para o lado, minha bochecha descansando em meu ombro esquerdo.

"Essa é uma boa garota."

Seus dedos percorreram meu pescoço, e então sua mão quente segurou minha bochecha.

Um cheiro doce invadiu minhas narinas.

Era o cheiro de excitação em sua pele, e minha excitação.

Eu tinha perdido a conta de quantos orgasmos eu tive desde que o conheci.

Mais recentemente, ele acariciou languidamente minha boceta e meu clitóris ao mesmo tempo com os mesmos dedos que está me tocando agora, até que me tornei uma confusão de membros e corpo retorcidos.

Depois da minha corrida, eu segurei meus pulsos e tornozelos enquanto adormecia.

Talvez este seja o momento em que você deva fazer as apresentações certas.

Eu sou Erika.

Eu sou uma sub, uma submissa.

"Ele" é Ben, meu Mestre ou Dom.

Nós nos conhecemos online há dois anos em um lugar onde pessoas com desejos sexuais pervertidos se encontram para falar abertamente sobre esses interesses, mais comumente chamados de fetiches.

Eu nunca estive com uma pessoa que compartilhou meus fetiches antes.

Claro, eu fiz muito sexo.

Mas sempre foi o que nós, pervertidos, chamamos de "mole": sexo direto em posições normais.

Às vezes lançaríamos com um sessenta e nove se ambos quiséssemos chegar ao mesmo tempo dando e recebendo orais.

Mas nunca tive alguém me controlando, me dizendo o que fazer.

Ou o que não fazer em outros casos.

Sem falar na escravidão, por mais leve que seja em nosso relacionamento.

Eu também estava um pouco curioso sobre a obsessão que as pessoas tinham com palmadas.

Ela tinha sido tímida no início, especialmente depois de nosso primeiro encontro pessoalmente.

Levei meses antes de decidir concordar em encontrar Ben pessoalmente.

A primeira vez que ouvi falar dele foi em um grupo de discussão no site.

Eu tinha começado um tópico para falar sobre a maneira correta de retardar um orgasmo, já que meu parceiro estava viajando e queria usar minhas próprias mãos para fazer o trabalho.

Eu tinha ouvido falar que a gratificação atrasada era muito emocionante, então pensei em tentar enquanto estava praticando.

Ben foi a 11ª pessoa a responder ao meu tópico e o único homem.

Quase perdi seu comentário entre todas as mulheres que me aconselharam ... e flertaram comigo, apesar de meu status de "hetero" em meu perfil.

O que mais se destacou foi sua foto.

Ao contrário das imagens nos perfis da maioria dos homens com quem ela conversou ou consultou enquanto procurava potenciais parceiros sexuais, em sua foto Ben não estava nu nem era qualquer foto baixada da internet do pau de algum outro garoto desconhecido. .

Em vez disso, era um desenho a lápis de um leão com um pequeno cordeiro adormecido aninhado entre suas grandes pernas.

Mais tarde, descobri que o próprio Ben o havia desenhado.

Ele era um protetor, e isso é exatamente o que eu precisava.

CAPÍTULO II

Nosso relacionamento era estranho e lenta, pois ambos tínhamos nossos respectivos parceiros.

Uma mensagem rápida e privada aqui ou ali.

Um comentário sobre tópicos semelhantes ou um tópico que um de nós iniciou em um grupo.

E então fomos para as salas de chat.

Com a conversa vieram provocações e flertes e, eventualmente, jogos de sexo virtual.

Após cerca de oito meses, ele propôs que nos encontrássemos pessoalmente.

Nossos papéis foram claramente estabelecidos desde o início.

Ele queria estar no controle e eu queria ser controlado.

Nem sempre no sentido físico, mas também mentalmente, às vezes por meio de palavras.

Oh, o poder das palavras.

Aprendi a ter orgasmos sem um único toque.

Saber do que meu corpo era capaz ...

Que a voz de outra pessoa pudesse ter um efeito tão grande em mim ...

Foi fantástico.

Lembro-me muito claramente do dia em que nos conhecemos pessoalmente.

Ela estava nervosa, esperando por Ben no restaurante, sentado em um armário longe do resto dos clientes.

O cerco foi uma de suas primeiras ordens.

E também as roupas que ela vestia: um top vermelho e calça preta.

A primeira mostrava generosamente o decote entre meus seios, e a segunda destacava minha bunda.

Eu era bem dotado dos dois lados e gostava de exibi-los, mas ainda assim deixava muito para a imaginação.

Ben me disse para colocar meu cabelo para trás.

Eu tinha escolhido trançar meu cabelo loiro em vez de deixá-lo solto em um rabo de cavalo.

Trocamos fotos pessoais para que eu tivesse uma ideia de como era.

No entanto, quando ele se aproximou da mesa, medindo 1:80 ou 1:90 de altura e pesando cerca de 90 quilos em um corpo distintamente imponente, eu engasguei.

Ele era lindo.

Muito bonito.

Pelo menos para mim.

Ele estava um pouco acima do peso como eu, mas não era muito óbvio.

Tamanho perfeito para abraçar.

Sua camisa pólo preta enfatizava seus braços grossos, e eu mal podia esperar que ele me envolvesse neles.

Seu cabelo era escuro e, embora curto, tinha uma ondulação natural que lhe dava alguma textura.

Eu levantei minhas mãos do meu colo, instintivamente querendo correr meus dedos por aquelas lindas mechas.

Mas um flash em seus olhos me alertou para resistir à tentação.

Oh, esses olhos.

Eles também eram escuros e combinavam com o castanho chocolate de seu cabelo.

E eles se concentraram diretamente na minha boca.

Fechei minha boca, de repente ciente de que estava boquiaberta, e sorri para ele.

Quando ele sorriu de volta para mim, aqueles olhos brilharam, quase derretendo meu interior.

Eu permaneci sentado quando ele se apresentou e estendeu a mão para apertar a minha.

Foi meu primeiro ato de submissão a ele pessoalmente.

Minha vida nunca mais foi a mesma depois daquela apresentação.

CAPÍTULO III

Esperamos até nosso sexto encontro antes de entrar em uma sala, mas mesmo assim, começamos tudo de novo, apesar de nossos encontros online.

Simplesmente não era a mesma coisa, especialmente para alguém como eu, que nunca tinha feito isso antes.

Estou falando sobre sentir-se desconfortável.

Mas Ben era, e é, um Mestre muito paciente.

Ele passou um tempo comigo, ensinando-me como era tudo isso, como as cordas eram usadas.

Bem, isso não veio até alguns meses depois, mas você sabe o que quero dizer.

Esta noite foi realmente ideia minha.

Estávamos ocupados devido aos nossos empregos e respectivos relacionamentos, mas, por coincidência, agora ambos tínhamos o fim de semana inteiro de folga.

Durante o curso de nosso estranho relacionamento, discutimos em detalhes nossos próprios desejos secretos.

Alguns que nunca tínhamos compartilhado com ninguém antes, mesmo no site onde nos conhecemos.

Eu me sentia pronta para participar de um de meus projetos, e Ben queria me permitir essa experiência.

Prendi a respiração, esperando sua resposta.

Como meu Mestre, eu tinha todo o direito de recusar.

No entanto, no final, ele não o fez.

Pelo que eu tinha permitido que ele fodesse minha bunda, um dos meus limites suaves, como agradecimento.

E ele o tornou bastante agradável.

O suficiente para que eu estivesse pensando em remover essa posição inteiramente da minha lista de limites.

Apesar de concordar com meu desejo, eu sabia que teria que ser paciente para Ben decidir se isso aconteceria.

Várias semanas se passaram antes que ele tomasse a decisão.

Eu estava preocupada que ele tivesse mudado de ideia, mas naquela manhã recebi uma mensagem de texto simples que dizia:

"Esta é a sua chance. Na minha casa às três da tarde."

E assim nossa reunião começou cedo.

Eu tinha literalmente sido fodido dez vezes desde sexta-feira até agora e aproveitei cada momento.

E embora completamente saciada e dolorida, eu ainda esperava quando Ben manteria sua promessa.

Não duvidei que sim, mas tínhamos todo o fim de semana e era só sábado à noite.

CAPÍTULO IV

E é por isso que estou aqui assim.

A sensação e o gosto de seu polegar roçando meus lábios trouxeram minha mente de volta ao presente.

Eu gemi quando ele empurrou seu dedo em minha boca e o esfregou contra minha língua e dentes.

Então ele empurrou para dentro e para fora.

O resto do meu corpo estremeceu e ele sentiu ciúme, já que ele não estava me tocando em nenhum outro lugar além do meu rosto.

No entanto, quando comecei a chupar seu polegar, meus mamilos se contraíram e meus músculos inferiores se contraíram.

Apenas esse simples movimento de sua parte estava me excitando.

Bem, isso e minha falta de controle por estar amarrada.

Sem mencionar o fato de que ela também estava completamente nua. "Abra, Erika."

Ele gentilmente agarrou meu queixo e me puxou para baixo.

Eu sabia o que esperar antes de senti-lo pressionar a ponta de seu pênis contra meus lábios.

Eu coloquei minha língua para fora para prová-lo.

Ela tinha chupado seu pau antes, mas desta vez, ela estava ajoelhada no chão entre suas pernas, com as mãos amarradas atrás das costas.

Ele envolveu minha trança em uma mão e me segurou enquanto controlava a velocidade e a profundidade.

Ele largou minhas mãos no final para ser acariciado por todos com meus seios.

Eu poderia passar o dia todo com seu pau multi-textural em minhas mãos.

Mais uma vez, ela não podia tocá-lo, exceto com a boca.

E ele tinha a vantagem já que estava acima de mim.

Engasguei algumas vezes quando ele tentou ir mais fundo, mas por outro lado, começou como um boquete leve.

Eu amei sentir a rigidez espessa de seu pau deslizando contra minha língua.

A ponta roçando o fundo da minha garganta.

A pele tão macia enquanto ele a chupava.

Sua dureza geral empurrando entre meus lábios, coberta com minha saliva e seu pré-gozo.

Eu me concentrei em respirar pelo nariz.

Eu gostaria de poder ver sua expressão.

Eu sabia como sua testa franziu no meio enquanto ela se concentrava em receber prazer dela e se certificar de que ela estava confortável com o meu.

No entanto, a venda limitou minha visão neste momento.

Então, em vez disso, imaginei seu rosto, seu corpo tenso.

Ele colocou as duas mãos no lado da minha cabeça e me segurou enquanto lentamente bombeava para dentro e para fora da minha boca.

"Geme para mim, cadela."

Eu obedeci, sabendo que ele amava as vibrações que meu som fazia em seu pau.

E o tempo todo, meus seios se moviam suavemente quando ele me embalava contra o lado da cama.

Pelo menos eu presumi que ele estava parado ao lado da cama.

Suas coxas firmes deviam estar batendo na borda do colchão a cada impulso.

Caso contrário, não havia outra explicação lógica de como eu poderia obter o ângulo certo para encaixá-lo.

Alguns minutos se passaram antes de parar de repente.

Ele sabia o que viria a seguir.

"Respire fundo, baby. Tudo por você."

Então ele deslizou seu pau inteiro até que enterrei meu nariz contra seu grupo de cachos grossos.

Suas bolas se aninharam sob meu queixo.

Suspirando, fechei meus lábios em torno de seu pau.

Entre o cheiro de suor e sexo havia vestígios de sândalo.

Ele sempre borrifava um pouco de sua colônia ao redor da base de seu pênis antes de fazer um boquete nele.

Descobrimos que isso tornava o ato mais agradável da minha parte.

Uma boa distração quando ele enfiava o nariz na virilha por longos períodos.

Depois de alguns golpes, suas mãos cerraram-se na minha cabeça e ele ficou imóvel.

Seu pau estremeceu um momento antes que o líquido quente enchesse minha boca.

De repente, lágrimas apareceram nos cantos dos meus olhos e eu choraminguei.

"Engula, baby. Você é uma boa menina."

Ben grunhiu algumas vezes e tentei não vomitar quando ele terminou.

Houve um som suave de 'plopp' quando saiu da minha boca.

Ele soltou minha cabeça e eu senti o calor de sua presença desaparecer.

Uma mão voltou para a parte de trás da minha cabeça, apoiando-a enquanto eu a levantava.

"Abra."

O gosto do refrigerante era fresco e agradável quando o coloquei em volta dos meus lábios e o deixei deslizar pela minha garganta.

Eu não estava muito interessada em engolir o esperma, mas estava fazendo isso por ele.

E ele sempre me recompensava com um refrigerante depois.

Eu o amei por isso.

CAPÍTULO V

Mantendo minha cabeça para trás, ele acariciou minha bochecha.

Sua mão encontrou meu peito e acariciou-o

Um polegar roçando meu mamilo, me fazendo gemer.

Então ele se inclinou e roçou seus lábios nos meus.

Seu hálito estava quente quando ele falou.

"Você foi tão boa hoje, Erika. Acho que você merece uma pequena recompensa. Gostaria?"

Lutei para engolir enquanto minha frequência cardíaca acelerava.

"Sim amo."

"Muito bem."

Ele deixou a bandagem e meus pulsos presos, mas não mais na cabeceira da cama.

Ele desabotoou meus tornozelos, massageando-os enquanto removia as restrições.

Em seguida, ele me ajudou a sentar e deitar na cama de forma que eu estava descansando em um travesseiro e na cabeceira da cama.

Foi tão bom ser tocado, por mais breve que tenha sido.

Seria ainda melhor se ele pudesse ficar de pé.

Minhas costas sempre ficavam um pouco rígidas depois de ficar na mesma posição por muito tempo.

Ouvi os passos de Ben enquanto ele arrastava os pés descalços pelo tapete.

A porta rangeu quando abriu.

O clique suave quando fechou novamente.

Um tilintar de metal como um cinto se desfez.

Um zíper arranhando ao ser abaixado.

Eu ouvi alguém tirar a roupa.

Nenhuma palavra foi trocada comigo, mas não foi necessária.

Fiquei um pouco feliz.

Tive medo de que, se algum deles falasse comigo, eu mudasse de ideia.

Eu me concentrei em respirar novamente.

Lentamente para dentro.

Devagarzinho.

Meus pulsos estavam no meu colo.

Eu coloquei um dedo e brinquei com o cabelo curto que ficou na minha buceta.

Isso ajudou um pouco, me distraiu e também me excitou.

E eu definitivamente precisaria do último para o que aconteceria.

CAPÍTULO VI

Quando uma grande mão segurou meu seio direito e o acariciou, eu engasguei.

A cama se moveu quando alguém se sentou ao meu lado esquerdo.

Outra mão masculina segurou meu seio esquerdo, desta vez apertando.

"Relaxa, Erika."

O sussurro de Ben no meu ouvido direito causou arrepios na minha espinha.

Inclinei minha cabeça em direção à sua voz e ele me recompensou empurrando sua língua em minha boca enquanto me beijava.

Minha cabeça se moveu para a dele quando ele se afastou.

Eu gemi.

Eu queria muito mais.

"Coloque sua cabeça para trás, baby."

Eu obedeci.

Fechei meus olhos, abraçando totalmente as sensações que acenderam meus nervos, afastando minhas frustrações.

Uma mão ainda estava acariciando cada um dos meus seios, um polegar ocasionalmente roçando meu mamilo.

Agora os dedos também subiam e desciam pelo meu pescoço em ambos os lados.

Um gemido escapou quando dois pares de lábios pressionaram contra meu queixo.

Quando duas línguas tocaram levemente minha pele e correram pelo meu queixo.

Quando sua respiração como uma brisa quente atingiu meus ouvidos.

O travesseiro atrás de mim apoiou meu pescoço enquanto inclinei minha cabeça ainda mais para trás.

Estava ficando difícil permanecer passivo.

Eu normalmente não luto com Ben, a menos, é claro, ele me disse que eu poderia responder.

Mas agora com dois amantes?

Eu me controlei muito, mas meus dedos se torceram no meu colo quando meus mamilos foram beliscados de repente.

Meu corpo arqueou quando meus dedos roçaram minha boceta e recebi um tapa.

"Paciência, vadia. Paciência. Aqueles dedos imóveis."

Lambi meus lábios com o som decepcionante da voz de Ben.

Eu sabia por experiência que ele iria melhorar um pouco, extraindo meu prazer aos poucos.

Ele gostava muito do jogo das sensações e o conhecia muito bem.

Foi minha punição por desobediência.

Apesar da minha curiosidade, descobrimos que eu realmente não gostava de espancar.

Mas conter minha ansiedade de me libertar ... e uma surra sempre me lembrava de me comportar bem.

Pelo menos até a próxima vez.

Alguém levantou minhas mãos ainda amarradas e as colocou atrás da minha cabeça.

Devo ser um show para eles: nus, com os olhos vendados, as mãos apoiadas atrás da cabeça e os braços esticados como pequenas asas.

Minha nova posição estava empurrando meus seios para frente, e eu engasguei quando uma boca trancou em um mamilo e o chupou antes que o proprietário alternadamente movesse sua língua e mordiscasse com os dentes.

O mesmo processo foi repetido no meu seio direito.

Eu poderia dizer que era Ben pelo jeito que ele era um pouco mais duro com os dentes.

Ele conhecia meu limite entre prazer e dor.

Respirei fundo agora enquanto eles mordiscavam meus seios apenas com a boca.

No entanto, suas ações em meus mamilos viajaram profundamente e diretamente em direção à minha boceta, aquecendo-a.

Eu me concentrei nos sons de sua respiração pesada e sucção molhada.

Peguei minha trança com as duas mãos, grata por ser capaz de segurar algo.

"Agora, Erika!"

Eu gritei quando ambos morderam meus mamilos e um orgasmo me rasgou.

O único pensamento em minha cabeça era que estava voando.

Eu liberei meu cabelo, deixando minha cabeça descansar no meu ombro mais uma vez.

Ofegante, senti os tremores diminuírem lentamente.

Vinte dedos agora estavam deslizando pelos meus lados e meu estômago, ocasionalmente roçando a parte inferior dos meus seios.

Foi celestial.

Minha respiração ficou presa quando os dedos se moveram para baixo sobre meus quadris e, em seguida, o topo das minhas coxas.

Eles gentilmente separaram minhas pernas e viajaram mais para o sul até meus joelhos, canelas e pés.

No caminho de volta para o norte, eles deslizaram por dentro das minhas pernas.

De joelhos novamente, eles levantaram minhas pernas para que meus pés ficassem apoiados na cama, fazendo-me sentir nua e vulnerável.

Ben tinha feito isso com bastante frequência, geralmente antes de cair sobre mim para chupar meu clitóris e me foder com sua língua.

Mas eu não tinha ideia do que esperar agora.

CAPÍTULO VII

Por muito tempo, nada aconteceu.

Ninguém me tocou.

Em absoluto.

Eu estava começando a respirar normalmente de novo quando um dedo roçou meu clitóris.

Eu choraminguei.

"Não se mexa, Erika."

A voz de Ben estava baixa e séria.

Mordi meu lábio inferior, abafando um gemido.

Eu queria arquear meu corpo em direção àquele dedo, sentir aquele toque íntimo novamente.

Em vez disso, pressionei minha cabeça contra o travesseiro, meus músculos tensos para manter meu corpo imóvel.

Mas foi impossível não reagir quando um dedo mergulhou completamente entre as dobras inchadas da minha boceta.

E então uma mão estava em cada joelho, mantendo minhas pernas separadas enquanto mais dedos me exploravam.

Fricção.

Acariciando.

Jogando.

Um gemido alto cruzou meus lábios enquanto um dedo afundava dentro de mim.

Então outro.

E outro até que houvesse pelo menos quatro dedos dentro e fora, me abrindo.

Eu estava muito sensível depois das horas anteriores que Ben e eu tínhamos tocado juntos.

Eu queria implorar para eles pararem.

Mas isso também significaria o fim da minha fantasia.

Eu não estava pronto para jogar a toalha nisso.

Ainda não.

Até agora, neste fim de semana, fizemos todas as posições padrão com nossas próprias curvas tortas.

Inclinando-me sobre a cama de bruços com os pés no chão, minhas mãos amarradas nas minhas costas enquanto Ben me pegava, puxando minha trança como uma coleira.

O missionário com os joelhos erguidos sobre a cabeça, meu corpo dobrado ao meio para que eu pudesse ver seu pau grosso deslizando para dentro e para fora de mim a cada estocada.

Me cavalgando tipo cowgirl, novamente com as mãos atrás das costas.

A cowgirl reversa com o pau na minha bunda.

Sessenta e nove comigo para baixo para que Ben pudesse controlar a profundidade de seu pau na minha boca, às vezes tão profundo que era sufocante.

Entre essas posições, quando não dormia de exaustão, ela usava vibradores e consolos para manter o orgasmo.

Ele não me vendou o tempo todo, mas quando o fez, realmente aumentou a excitação.

Isso tirou outro nível de controle e me fez confiar em meus outros sentidos.

No entanto, apesar do desconforto que senti ao acordar depois de todo aquele sexo, antecipei o fim da minha fantasia.

Estremecimentos súbitos sacudiram meu corpo enquanto as constantes carícias dos dois homens me levavam ao limite novamente.

Então, eles puxaram seus dedos de repente, deixando-me com uma sensação de vazio.

Minha mente estava um pouco distraída na hora.

Por um momento, pensei que estava em um barco balançando no oceano.

Então percebi que eles estavam me movendo, subindo na cama.

Alguém pressionou seus lábios nos meus brevemente, e eu esperava que fosse Ben.

Eles baixaram meus braços e removeram minhas restrições.

Ambos os homens massagearam meus braços dos dedos aos ombros e nas costas novamente.

"Fique de joelhos e incline-se para frente."

Enquanto eu obedecia Ben, o senti rastejar atrás de mim e colocar suas pernas em cada lado das minhas.

Na minha frente estava uma parede de músculos rígidos.

Estava quente quando minha bochecha pressionou contra ela e duas mãos fortes agarraram meus ombros, me segurando firme.

Abaixo de mim, senti a ponta macia de um pau duro picar meus seios.

"Respire fundo, vadia. É isso."

Um gemido escapou quando senti os dedos de Ben acariciando minha boceta por trás.

Ele empurrou pelo menos dois dentro de mim e os girou ao redor do meu clitóris algumas vezes antes de puxá-los para esfregar meus fluidos em volta da minha bunda.

Eu choraminguei novamente, mordendo meu lábio enquanto ele pressionava um dedo dentro de mim na segunda junta.

Devo ter ficado tensa porque o ouvi suspirar.

Sua exalação foi profunda o suficiente para roçar minhas costas, me fazendo tremer.

"Estou fazendo isso por você, Erika. Seja uma boa menina e coopere."

Soltei minha própria respiração e tentei fazer o que ele pediu.

Eu era um grupo nervoso que tinha enlouquecido e não tinha mais certeza do que fazer.

Ajudou quando nosso convidado acariciou minhas costas.

Eu agarrei suas coxas, lembrando que eu poderia usar minhas mãos agora.

"Abra a boca, Erika."

Obedecendo, eu senti aquele pau macio empurrar entre meus lábios.

Ele não foi até o fim, mas ainda assim acertou em cheio.

Foi o suficiente para ocupar meus pensamentos.

Pelo menos até o dedo de Ben se mover mais fundo na minha bunda.

Ben continuou a pressionar suavemente, ocasionalmente puxando-o para fora e pegando mais dos meus fluidos e esfregando meu clitóris.

Depois que ele deslizou seu dedo em meu ânus completamente várias vezes, ele lentamente o retirou e adicionou um segundo dedo.

Eu apertei meus olhos a ponto de ver pequenas estrelas dançantes.

Parecia que toda vez que fazíamos anal era como se nunca tivéssemos feito antes.

Não era para ficar mais fácil quanto mais você fazia, como sexo normal?

Quando seus dedos desapareceram e ele se afastou de mim, o outro tirou seu pau da minha boca.

Depois disso, nosso convidado o colocou em minha mão e colocou minha testa em sua coxa.

Eu ouvi o clique de uma tampa de plástico, outro clique e outro clique novamente.

Então, uma substância espessa e fria cobriu minha bunda.

Ben espalhou antes de colocar seus dedos de volta em mim.

Mais alguns golpes e ele se retirou mais uma vez.

"Respire fundo, vadia. Outro. Boa vadia."

A tampa de plástico se abriu novamente e houve mais sons de deslizamento: o lubrificante da garrafa e ele cobrindo seu pênis com o lubrificante, provavelmente.

Ele pressionou a mão contra minhas costas, pressionando para baixo.

Então ele disse:

"Ficar parado".

Consegui abrir meus joelhos sob mim, inclinando-me um pouco mais.

Nosso convidado deslizou as mãos por baixo de mim e acariciou meus seios.

Fiquei grata pela distração quando Ben escolheu aquele momento para pressionar a ponta do seu pau na minha bunda.

CAPÍTULO VIII

Eu engasguei, lembrei de respirar, e afrouxei o aperto do pau em minha mão quando ouvi seu dono gemer.

Eu não tinha certeza se o tinha machucado ou se estava excitada enquanto assistia Ben penetrar minha bunda.

Sentei-me um pouco quando Ben deslizou sob mim, pressionando com mais força contra a minha entrada traseira.

Soltamos um suspiro coletivo quando meu esfíncter relaxou, permitindo que a ponta deslizasse para dentro.

Nenhum de nós se moveu por um momento, mas nosso convidado ainda estava segurando meus seios e Ben agarrou meus quadris agora.

"Posso continuar, Erika?"

Engoli em seco e soltei um suspiro instável.

"Sim, meu senhor."

Pelos próximos dois minutos, ele deslizou mais fundo, saindo um pouco entre cada impulso.

Quando ele estava sentado totalmente dentro de mim, seus dedos massagearam meus quadris.

Eu me movi contra ele por um momento para me acostumar com a invasão.

"Você tem uma bunda linda, Erika. Você deveria ver como meu pênis fica maravilhoso enterrado nela."

Meu suspiro foi interrompido quando minha cabeça foi empurrada para baixo no pau do estranho.

Ben escolheu aquele momento para se mover.

Então ele empurrou por trás enquanto eu chupava a vara latejante que estava sendo forçada em minha boca por baixo.

Não tenho ideia de quanto tempo Ben me fodeu na bunda e eu fiz um boquete no nosso convidado.

Acho que foi Ben quem agarrou minha trança porque minha cabeça estava para trás.

Mas, ao mesmo tempo, nosso convidado manteve minha cabeça parada e colocou seu pau em minha boca.

Parecia um cabo de guerra sangrento, e eu era a corda sendo empurrada e puxada de um lado para o outro.

Mas eu gostei.

A única coisa que teria tornado tudo melhor seria se Ben estivesse na minha boceta.

Mas a submissa não pode escolher.

Em algum momento, percebi que os dois homens estavam imóveis.

Eles me ajudaram a ficar em uma posição vertical, movendo-me de forma que eu não estivesse mais ajoelhada, mas sentada no colo de Ben.

Foi uma sensação muito estranha, ter seu pau ainda enterrado dentro de mim quando ele se deitou, me puxando com ele, então eu estava de costas em seu estômago.

Era desconfortável, mas meu corpo ansiava por algo mais.

As mãos de Ben substituíram as do nosso convidado em meus seios.

Eu relaxei ainda mais quando sua respiração aqueceu meu pescoço, me acalmou e seus dedos brincaram com meus mamilos.

"Erika, você está fazendo um bom trabalho." Ele beijou minha bochecha. "Só mais um pouco vadia. Continue respirando assim, não importa o que aconteça. Andrew será bom. Confie em mim."

Ah, então agora ele tinha um nome para o convidado misterioso.

Mas então as palavras de Ben se repetiram na minha cabeça.

Que confiança o quê?

O que ele faria ...?

Oh!

CAPÍTULO IX

Andrew escolheu aquele momento para esfregar seu pau contra meu clitóris.

Eu pulei, e o pau na minha bunda pulou também, o que me fez ofegar.

Andrew passou os dedos pelos meus lábios, entrou na minha vagina e espalhou meus fluidos.

Naquela época, tive dúvidas.

O que diabos ele estava pensando?

As fantasias têm esse nome por um motivo.

Talvez eu deva dizer a eles para pararem.

Talvez...

Já que Andrew não conseguia ler minha mente, ele continuou com o show e empurrou dentro de mim.

Eu sabia como Ben se sentia, pelo pouco tempo que levou para deslizar seu pau de 15 centímetros de espessura de volta para dentro de mim.

Eu choraminguei.

Andrew estava demorando mais para entrar, apesar de quão molhada ela estava.

E parecia maior, me esticando mais.

Sem mencionar a plenitude que senti no estômago por estar cheio em ambos os orifícios.

Uma vez que ele enfiou em minhas bolas, Andrew parou e eu senti o calor de seu corpo flutuando sobre mim, dentro de mim.

Mais uma vez, ninguém se moveu e lentamente me acostumei a ter dois paus dentro de mim, apesar das minhas dúvidas.

Certamente, Ben não teria aceitado isso se fosse perigoso, ou se ele não confiasse em Andrew.

Por outro lado, estar cheio de dois paus e ser fodido por eles eram duas histórias diferentes.

Talvez eu pudesse mentir sobre isso.

Mas me senti muito bem com as sensações que isso produziu em mim.

"Se você não aguenta mais, use a palavra de segurança, vadia. Entendeu?"

Prendi a respiração por um momento e depois assenti.

Ben beliscou meu mamilo.

"Diz."

Eu gritei.

"Sim senhor, eu entendo."

"Boa vadia. Agora tente relaxar e apenas sentir isso."

Com isso, Ben soltou meu peito para agarrar meu queixo e afastar meu rosto do dele, segurando-o no lugar contra seu ombro.

Ele mordiscou meu pescoço com seus lábios, língua e dentes enquanto sua outra mão envolveu minha barriga e me puxou contra ele.

E então seus quadris me empurraram.

Ao mesmo tempo, Andrew se inclinou para trás e começou a bombear minha boceta.

Eu gritei e agarrei as coxas de Ben debaixo de mim.

"Droga, você é tão preguiçoso!"

Essas foram as primeiras palavras que ouvi da boca de Andrew desde que ele entrou na sala.

E eles se enterraram diretamente em meu cérebro, como seu pau em minha boceta, de modo que meu corpo reagiu apertando em torno dele.

Ele gemeu em apreciação.

"Que boa puta você tem, Ben. Uma puta muito poderosa."

Por seu sotaque e o tom de barítono profundo em sua voz, eu poderia dizer que ele era negro.

Minha boceta apertou em torno dele novamente e eu gemi.

Ben não só encontrou um amigo de confiança para fazer minha fantasia de dupla penetração, mas também um amigo negro.

Dois sonhos se realizam ao mesmo tempo.

Sempre ouvi dizer que os negros têm pênis maiores.

Que eles eram grandes amantes.

Andrew estava apenas provando que os rumores eram verdadeiros.

Deus, foi tão bom bombear dentro de mim.

Mas eu nunca trocaria Ben como Mestre por qualquer homem.

Pertencia a ele, e éramos ambos felizes juntos.

Foi um processo lento e tortuoso encontrar um bom ritmo.

Acho que meu corpo não sabia o que estava acontecendo com ele.

Ben tinha usado plugues anal e vibradores antes, mas tendo dois pênis de verdade se movendo para dentro e para fora de mim em um ritmo tão íntimo, eu não conseguia encontrar palavras para descrevê-lo.

Então eu apenas senti, como Ben ordenou.

Em algum momento, percebi que alguém estava brincando com meus seios novamente.

Deve ter sido Andrew porque outra pessoa estava agarrando meus quadris agora, e provavelmente era Ben porque ele estava bombeando mais furiosamente debaixo de mim.

Então eles soltaram meus seios e de repente minhas pernas dispararam no ar.

Andrew os segurou com as mãos na parte de trás das coxas, logo acima dos joelhos.

Ben assumiu e acariciou meus seios, apertando e acariciando como só ele sabia fazer.

Dentro de mim, eu o reduzi a um impulso lânguido, mas Andrew acelerou o passo.

Na verdade, ela podia sentir seus pênis roçando um no outro através da fina membrana que separava as cavidades que os cobriam.

"Você gosta disso, Erika? É o que você esperava que fosse?"

"Oh sim senhor."

Agora eu estava chorando de prazer que me percorreu.

"Esfregue seu clitóris, bebê."

Chorei assim que meus dedos tocaram meu caroço excessivamente sensibilizado.

Quando eu também toquei o pau duro de Andrew, algo desencadeou uma onda de emoções e sentimentos que começaram pequenos, mas ressoaram por mim até que eu estava tremendo violentamente e gritando palavras sujas aleatórias.

Os dois homens entraram em mim enquanto cambaleava para o precipício de prazer e dor.

Eu me virei depois que eles se separaram de mim, envolvendo os braços dela em volta de mim enquanto eu me enrolava em uma bola.

Eu fazia isso às vezes quando estava com Ben e tínhamos chegado muito perto do limite.

Mas Ben sabia que não deveria me deixar em paz.

Agora é quando eu mais preciso.

Quando precisei do meu protetor.

Braços fortes se fecharam sob e ao meu redor, me puxando para um abraço gentil.

Eu chorei enquanto Ben me embalava, suas mãos relaxando minha pele e me acalmando.

O peso na cama mudou.

Eu mal ouvi os sons de Andrew se limpando no banheiro ao lado antes de se vestir.

Os sussurros de Ben encheram minha cabeça.

Então, ao longe, ouvi a porta abrir e fechar.

As últimas palavras que ouvi antes de adormecer foram:

"Estou muito orgulhoso de você, Erika."

CAPÍTULO X

Quando acordei, o quarto estava escuro, a bandagem havia sumido e meu corpo saciado estava muito dolorido.

Ben estava me segurando como uma colher contra ele ainda.

Seus braços e um cobertor me envolveram enquanto ele gentilmente acariciava meu cabelo e o puxava do meu rosto.

"Bem-vindo de volta, baby." Ele beijou minha testa. "Isso foi incrível. Você gostou?"

Estremeci e sorri.

"Obrigado senhor. Eu realmente gostei."

"Agora vou ter que começar a planejar uma das minhas fantasias depois da sua."

"Sim, senhor. De qualquer forma, será o que você quiser."

Ben virou minha cabeça para ele e me beijou profundamente nos lábios.

"Essa é minha boa menina"

FIM

47

DESEJO SEXUAL

49

Meu amor, quero que você sente na frente do seu computador e mostre uma imagem, uma peça visual, como uma bucetinha.

Não o rosto e o corpo, apenas os joelhos dobrados e as pernas abertas.

Com dedos longos e bonitos e elegantes que separam ligeiramente os lábios vaginais.

Imagine que eu entro e sento nesta mesa completamente vestido.

sapatos de couro preto de salto alto e bico fino em cada lado de você.

Você se inclina para trás e sorri e eu me inclino sorrindo também.

Levanto meu vestido preto fino e sedoso e você vê que falta minha calcinha e o brilho da minha umidade na minha fenda já é perceptível.

Você verá a ponta de um espartilho preto ao qual também estão presas as meias.

Levanto meu vestido com as duas mãos, puxo-o pela cabeça e revelo para vocês o espartilho de couro que tem apenas alguns centímetros de largura.

Meus mamilos estão eretos e altos, embora se projetem de cima.

Você se inclina, mas estou aqui para brincar com você e uso meus sapatos pontudos para mantê-lo onde está.

Vejo um pau visivelmente crescendo que precisa sair das calças e peço que você as desabotoe.

Corro minha língua ao longo de meus lábios ao longo de sua extensão, sorrindo, enquanto você desliza para baixo da calça.

A cabeça do seu pau sobressai da sua boxer e também tem um brilho um pouco exigente.

É assim por um bom motivo.

Esta visão do seu pau ereto de repente me excita e peço que você me lamba.

Você se inclina para frente e faz isso, separando levemente meus lábios para encontrar meu clitóris.

Você coloca na boca, então ele sobressai um pouco mais.

Eu só precisava daquele toque da sua língua para me animar.

Enquanto eu fico confortável, peço que você pegue seu pau com a outra mão e acaricie-o levemente.

Você faz isso, mas posso te dizer que você precisa de mais, isso não é suficiente.

Eu forço você a ficar de joelhos para levá-lo totalmente em minha boca, alternando lambidas da base para cima, de cima para baixo e de volta às bolas, lambendo o interior de onde fica a virilha.

Gostas do que vês quando estou ajoelhado, o meu rabo é tão fino quanto alguns centímetros de largura e o meu ânus é apertado e convidativo.

Levanto-me novamente porque estou chegando muito perto do clímax.

Eu te levanto e suas calças passam dos joelhos.

Você ainda está com os sapatos calçados, a gravata ainda amarrada, mas a camisa desabotoada até o fim.

Adoro precisar ver o máximo que posso da sua pele.

Agora que você está de pé, peço que me dê as costas .

Que você abra as pernas o suficiente para que eu me ajoelhe atrás de você.

A minha língua lambe as tuas pernas, lambendo as tuas bolas e até a fenda do teu rabo, lambendo e girando a minha língua à volta do teu ânus.

Tiro um vibrador da bolsa e pergunto se posso usar em você, mas antes que você responda, coloco na sua pele.

Com a minha boca tenho deixado saliva no seu cuzinho para que tudo fique lubrificado.

Eu coloco em velocidade baixa e passo sobre suas bolas e entre suas bolas e seu cu.

A minha outra mão passa entre as tuas pernas e agarra a tua pila, acariciando-a e abanando-a.

O vibrador é gostoso na sua bunda.

Coloco próximo ao seu ânus e deslizo uma das duas pontas, a fina, que é a minha preferida também.

Isso desliza e coloco a outra ponta mais para o centro, atrás das bolas, de novo, observando como a sensação te leva a outro nível.

Suas mãos estão segurando a mesa e seus olhos estão fechados cedendo ao que eu quero fazer.

Mas eu fico assim, acariciando um pouco enquanto deixo o zumbido te fazer pensar no que vai acontecer a seguir.

Paro abruptamente e digo para você se virar.

Você faz isso e seu rosto fica vermelho.

Você estava gostando muito disso e se aproximando do estado que deseja.

Mas prefiro desacelerar para te levar de volta à minha boca.

Estou com muito calor e estou perdendo um pouco de controle.

Então faço você se sentar novamente e me ajoelho na sua frente e peço que se acaricie, mas devagar.

"Acaricie-se, meu amor."

Enquanto me ajoelho na sua frente e me apoio nos calcanhares.

Ligo o vibrador e esfrego-o na parte externa da vagina, sobre o clitóris.

Isso me leva menos de um segundo para atingir o orgasmo.

Estou com minhas pernas e joelhos abertos e inclino minha cabeça para trás, espalhando minha boceta com as mãos querendo que você veja meus músculos do orgasmo se movendo.

Seguro o vibrador até terminar e os meus próprios sucos começarem a escorrer.

Eu olho para você e você está se masturbando, aumentando o ritmo.

O seu ritmo acelerou e é tão excitante que estou de joelhos, implorando-lhe que se venha por todo o meu rosto e peito.

E sim, certamente, é assim que você faz.

Vejo como os jatos do seu leite saem em minha direção.

Mas você acaba esguichando na tela do computador e no teclado .

Nos despedimos até outra hora e você desliga a webcam.

BEM-VINDA UMIDADE

Glenn chega em casa depois de um árduo dia de trabalho e deixa sua pasta e casaco na porta.

Ele acha a casa estranhamente silenciosa, mas não presta muita atenção nisso e vai para o quarto.

Ao subir as escadas, ele sente o aroma maravilhoso do perfume de sua amada esposa, Susan.

Quando ele chega ao patamar, ele ouve sons fracos de música escapando pela porta de seu quarto.

Tomando cuidado para não fazer barulho, ele abre a porta lentamente.

"Susan?" Ele diz com uma voz masculina bastante profunda.

À medida que a porta se abre cada vez mais, a visão de seu corpo nu deitado na cama o faz estremecer.

"Sim, bebê." ela diz com uma voz sensual.

Ele começa a caminhar em direção à cama, mas ela manda ele parar.

Intrigado, ele obedece, sabendo que ela tem algo em mente.

Ela sai da cama.

Seu corpo se move com grande graça.

Ele não pode deixar de ficar fixado em seu seio delicioso movendo-se levemente enquanto ela caminha em direção a ele.

Ele sente seu pau endurecer enquanto seus pensamentos passam "Ela é tão bonita".

Ela estende as mãos e desfaz o cinto dele.

Também as calças, ele as desabotoa e abaixa.

Isso o faz tremer de excitação.

Como ela o vê tão animado, ela sorri e puxa sua boxer para baixo com uma necessidade faminta de chupar seu membro duro.

Ela gentilmente coloca as mãos em seu pênis agora ereto, acariciando-o lentamente.

Ele então mostra a língua e lambe a cabeça antes de colocá-la na boca.

Ele geme quando ela começa a chupar seu pau duro.

Movendo-o para dentro e para fora da boca cada vez mais rápido.

Então ele lentamente retorna a um ritmo baixo e gira a língua em volta da cabeça enquanto a acaricia com a mão.

Ele geme enquanto a mão dela acaricia a cabeça rosada do seu pau.

Então ela lambe as bolas dele até a ponta do pau.

Ela tira da boca e se levanta para beijá-lo apaixonadamente enquanto tira sua camisa.

Ele envolve seus braços quentes em volta dela, puxando-a para mais perto dele, sentindo os seios dela pressionados contra seu peito.

Enquanto eles se beijam, as mãos dele percorrem o corpo dela, sentindo sua pele macia sob as pontas dos dedos.

Suas mãos se movem sobre a bunda dela e ele aperta com força.

Ele a levanta pela bunda, envolvendo as pernas em volta da cintura e se move em direção à cama.

Ele gentilmente a deita e se move em cima dela.

Ele a beija profundamente, descendo até o pescoço e o peito.

Ele lambe lentamente o seio direito dela, aproximando-se do mamilo agora ereto.

Ele coloca o mamilo dela na boca e o chupa, mordendo-o suavemente.

Movendo-se para o outro seio, ele se abaixa e começa a esfregar seu clitóris, fazendo com que ela aumente a respiração e comece a gemer levemente.

Ele esfrega mais rápido enquanto beija sua barriga, concentrando-se em seu umbigo.

Ela sente que está ficando muito molhada e sua respiração acelera.

Ele beija seu lindo monte e depois substitui os dedos pela língua.

Chupando e mordendo suavemente seu clitóris.

Isso a envia em uma onda de prazer, gemendo.

Então ela insere um dedo que passa pelos lábios inchados de sua boceta e entra naquele lugar secreto e escorregadio.

Ele desliza o dedo para dentro e para fora lentamente e então rapidamente insere outro dedo enquanto ela geme.

Ele continua se concentrando em chupar seu clitóris enquanto seus dedos atingem preciosamente aquele lugar especial dentro dela que ele sabe que a deixa absolutamente louca.

Ela geme alto e sente uma sensação de formigamento na perna direita, subindo ao redor do corpo e saindo para a perna esquerda.

"Oh bebê!" ela geme: "Isso é tão bom!"

Glenn sabe que se continuar assim, ela definitivamente ultrapassará o limite, então ele diminui a velocidade e a beija de volta para devorar sua boca.

Eles compartilham um beijo apaixonado.

Suas línguas dançando juntas.

Removendo os dedos de sua boceta agora encharcada, ele começa a massagear seu seio direito.

Seus gemidos reprimidos pelos beijos.

O beijo é interrompido e ela sussurra em seu ouvido:

"Eu preciso de você dentro de mim, querido."

A menção de seu pau duro deslizando na boceta molhada de sua amante o faz grunhir de luxúria e ele se move em cima dela.

Abrindo as pernas dela com os quadris, ele se posiciona para penetrá-la.

Brincando com ele, ele insere apenas a cabeça e depois retira lentamente.

"Por favor, dê tudo para mim." Ela implora, mas ele prevalece e acompanha o ritmo do jogo, inserindo apenas a ponta e retirando quando ela começa a gemer.

Finalmente, em um momento inesperado, ele empurra seu membro duro até o fim para fazê-la gritar.

Ele começa a empurrar para dentro e para fora dela lentamente, com golpes longos e fortes.

Ele começa a acariciar com mais força e rapidez, puxando a bunda dela para uma penetração mais profunda.

"Oh Deus, você se sente tão bem dentro de mim. Eu te amo tanto quando você fode minha boceta."

Com isso ele rosna e se retira repentinamente.

Ele gesticula para ela se virar e ela rapidamente o faz com um salto de excitação.

Ele sabe que entrar nela por trás é uma de suas posições favoritas e também adora dar isso dessa forma.

Ele insere a sua pila nela e começa a empurrar com força e rapidez.

Ela geme alto, dizendo a ele mais alto.

Ele adora foder sua adorável esposa, então começa a ficar mais rude com ela.

Seu corpo e bolas batendo contra sua bunda agora vermelha.

Ela começa a empurrar de volta para suas estocadas, fazendo seu pênis ir ainda mais fundo.

Ambos gemem de prazer.

"Oh, vou ejacular, querida. Estás pronto para a minha ejaculação?"

"Oh, sim, querido, eu também vou gozar."

Mais algumas carícias e Susan grita de prazer e o seu corpo começa a tremer à medida que o seu orgasmo a domina.

Glenn sente as paredes de sua boceta começarem a ordenhar seu pau e ele não aguenta mais.

Rosnando o nome dela, ele atira seu esperma quente profundamente dentro de sua boceta agora cremosa e molhada.

Susan, exausta com a explosão, apoia-se nos cotovelos enquanto o sente disparar mais alguns jatos de esperma nela.

Satisfeito, e tentando não cair em cima dela, ele se retira lentamente de sua boceta e a agarra pela cintura, puxando-a para a cama com ele.

Eles se olham nos olhos, ambos nublados pelos poderosos orgasmos que acabaram de passar por seus corpos segundos atrás .

Uma satisfação de conhecimento mútuo permanece na sala enquanto os dois adormecem nos braços um do outro.

VESTIDA PARA A OCASIÃO

61

O silêncio da noite a rodeava, pressionando-a com sua serenidade, tentando acalmar sua ansiedade.

No entanto, isso não conseguiu acalmá-la.

Sentimentos desenfreados aos quais ela não estava acostumada e nunca havia experimentado antes percorreram seu corpo, deixando-a nervosa.

Seus saltos batiam suavemente ao longo do caminho pavimentado enquanto ela olhava para o céu.

Por que você vai lá esta noite?

Por que ela se vestiu daquele jeito?

Ela podia sentir o poder que seu olhar tinha sobre ela.

Ela suspirou e permitiu que sua mente parasse de pensar nos eventos que poderiam acontecer esta noite.

****

Parecia que todos os olhos estavam voltados para ela quando ela entrou no local.

Seus sapatos de salto alto estalaram no chão de madeira enquanto ela cruzava a pista de dança e se aproximava do bar.

A saia de sua roupa vermelha e preta balançava de um lado para o outro a cada passo, a faixa vermelha fluindo contra seu joelho enquanto a preta descansava alguns centímetros acima dele.

A blusa pendia folgadamente dos ombros até os seios, saltando apenas o suficiente para chamar a atenção a cada passo que dava e mostrando uma quantidade generosa de pele.

E sem sutiã.

Ela sabia como ela ficava com essa roupa.

Ela parecia uma vagabunda.

Ela finalizou o look com uma gargantilha de renda preta no pescoço e apenas um toque de batom vermelho.

Ele sentou-se entre um homem e uma mulher e sorriu para o garçom.

"Olá James."

"Samy. É bom ver você de novo." Ele deixou seus olhos deslizarem lentamente sobre seu rosto e seios. "Muito bom, na verdade. E para quem é a ocasião?"

Ela balançou a cabeça e sorriu, fazendo com que uma mecha de cachos caísse sobre sua orelha.

"Não há ocasião. Só tive vontade de me vestir assim."

Ele estendeu a mão por cima do balcão e colocou o cacho atrás da orelha dela.

Os dedos dele roçaram a lateral de sua bochecha e ela quase se esqueceu de como respirar.

"Você deveria se vestir assim com mais frequência."

"Talvez eu vá."

"Estarei saindo do trabalho hoje à noite por volta das onze. Você gostaria de dançar depois?"

Ela assentiu lentamente, incapaz de desviar o olhar dele.

Com uma precisão muito lenta, ele se inclinou sobre o balcão e levou seus lábios aos dela, aprofundando o beijo apenas o suficiente para fazê-la querer mais antes de se afastar.

"Cerca de vinte minutos."

* * *

Aqueles vinte minutos nunca pareceram mais longos na vida de Samy.

Ela observava tudo ao seu redor o tempo todo, consciente de cada movimento que ele fazia, mesmo sem olhar para ele.

Era como se seus sentidos estivessem sintonizados com seu corpo, mas ela ainda pulou quando ele a tocou na parte de trás do ombro.

Ele havia desabotoado a gola da camisa preta e sorria para ela, estendendo a mão.

"Acho que você me deve uma dança."

Quando ela colocou a mão na dele, foi como se uma pequena descarga elétrica percorresse seu corpo.

Ele sorriu enquanto a levava para um canto da pista de dança e então a puxava para perto de seu corpo enquanto a música mudava.

Era lento e sedutor, e a batida dele parecia combinar com o coração dela enquanto ela se pressionava contra ele.

E assim ela teve plena consciência dos contornos duros que ondulavam contra seu corpo macio.

Ela deslizou os braços ao redor dele, pressionando as mãos em suas suaves curvas traseiras enquanto eles balançavam para frente e para trás.

Ele se inclinou e pressionou os lábios contra os dela, separando-os suavemente e seduzindo-a com a língua.

Sua mão deslizou mais abaixo em suas costas, descansando em seu quadril, deslizando baixo o suficiente para acariciar uma bochecha de sua bunda enquanto ele puxava a parte inferior de seu corpo contra o dele.

Ela engasgou ao sentir o quão forte ele estava realmente pressionando contra ela e ela poderia jurar que o ouviu gemer.

Mas assim que ele fez isso, o outro garçom o chamou e ele suspirou, inclinando a cabeça para trás.

"Samy... já volto. Juro que voltarei. Não vá a lugar nenhum."

Ela assentiu um tanto tolamente enquanto se afastava da pista de dança e entrava em uma cabine isolada.

Ele observou James voltar para o bar e se inclinar sobre ele novamente, conversando com Joseph.

Joseph foi o barman substituto daquela noite.

Ele sempre assumia quando James se aposentava.

Quando ele viu uma loira alta e de pernas compridas se juntar a eles, ele percebeu uma coisa.

Ela não era esse tipo de garota.

Eu não tinha ideia do que estava fazendo.

James era o tipo de homem que sempre tinha qualquer garota disponível, qualquer garota alta, loira e super sexy.

E ela era baixa, morena e latina.

Ela saiu correndo.

O mais rápido e silenciosamente que pôde.

Ele foi em direção à porta e quando olhou por cima do ombro viu a loira se inclinar para perto de James e passar os dedos por seu braço.

Ela suspirou e balançou a cabeça enquanto continuava seu caminho.

Não seria bom parar e pensar sobre isso.

Seus pés estavam começando a doer por causa dos calcanhares, então ela os tirou e se afastou do caminho de paralelepípedos, deixando seus pés guiá-la até a beira do rio que ela conhecia tão bem.

Ele enfiou os pés na margem do rio e ficou olhando a água por um longo tempo.

"O que eu estava pensando?" Ela finalmente murmurou.

"Isso é o que eu gostaria de saber."

Ela quase gritou quando se virou.

James estava atrás dela, braços cruzados com raiva e franzindo a testa.

Mas a carranca foi lentamente substituída por uma expressão de confusão e preocupação.

"Samy, você está chorando. O que há de errado?"

Ela desviou o olhar dele e atravessou o rio até a outra margem gramada.

"Eu não deveria ter feito isso. Eu não deveria ter vindo ao bar hoje à noite vestida daquele jeito. Eu não deveria ter pensado que tinha uma chance."

"Samy, do que diabos você está falando?"

Ele se aproximou e colocou a mão no ombro dela.

Ela estava tremendo, ela estava com frio.

Ele rapidamente tirou o casaco e colocou-o sobre os ombros dela, movendo-se atrás dela para esfregar seus braços.

"Você estava linda aí. Acho que esqueci como tive que respirar quando você entrou."

"Eu vi as mulheres com quem você costuma sair. Não sou como elas, James. Não sou elegante ou super sexy. Não sou loira, nem alta, nem de pernas longas, nem tenho um corpo perfeito. gosto deles. Não tenho solução . "contra isso. Eu nem sabia o que estava fazendo." Ela terminou em um sussurro.

"Sério? Você poderia ter me enganado aí."

Ele a virou para si e se inclinou para frente, pressionando os lábios contra o pescoço dela.

Ela estremeceu.

"Seu corpo parecia perfeito quando você me pressionou contra você naquela pista de dança."

Ele estendeu a mão e segurou seu seio, traçando o contorno de seu mamilo através da blusa.

Isso a fez estremecer um pouco.

"Eles com certeza pareciam saber o que queriam fazer quando estávamos nos beijando e nos apertando."

Ele se inclinou sobre ela e a forçou a cair até que ela estivesse deitada no chão.

"Deixe-me mostrar a você, Samy. Deixe-me mostrar que você é mais do que pensa."

Os lábios dele deslizaram contra os dela antes de descerem por seu pescoço e por cima da blusa fina que cobria seus seios.

Sua respiração ficou presa na garganta quando os lábios dele encontraram primeiro um mamilo e depois o outro, sugando-os lentamente enquanto ela se arqueava ao toque dele.

Seus dedos encontraram habilmente a bainha da camisa dela e começaram a puxá-la lentamente para cima, provocando sua pele enquanto ela se revelava.

Ele levantou-o passando pelos seios dela e segurou-o logo acima deles enquanto beijava seu seio direito, saboreando sua pele.

Ela gemeu quando James finalmente levou os lábios até a crista do seio dela, pegando o mamilo entre os dentes e puxando-o suavemente antes de chupá-lo.

Ela gemeu ainda mais alto quando a mão dele começou a massagear o outro seio, rolando a palma da mão sobre o mamilo repetidamente.

"Você vê?" Ele respirou contra sua pele. "Você é a mulher perfeita".

Ele começou a beijá-la enquanto descia, traçando círculos ao redor de seu umbigo com a língua.

James sorriu para ela enquanto pegava sua saia e em vez de puxá-la para baixo, empurrou-a para cima.

A frente dobrou para trás e no momento seguinte ele estava dando beijos suaves e brincalhões ao longo de seu monte quente acima de sua calcinha.

Ela já estava molhada.

Ela podia senti-lo através da calcinha enquanto ele esfregava o nariz contra ela.

Ela tremeu debaixo dele e ele gentilmente acariciou seus dedos para cima e para baixo enquanto usava os dentes para deslizar sua calcinha para baixo.

Ele a beijou novamente, sem nenhuma barreira entre seus lábios e sua boceta.

Ele começou a deslizar a língua ao longo de sua fenda e ela gemeu, arqueando os quadris descontroladamente, de modo que ele pressionou a língua profundamente nela, traçando-a sobre seu clitóris.

Samy gemeu e arqueou-se contra sua língua, o prazer percorrendo-a enquanto ele roçava os dentes em seu clitóris e deslizava um dedo dentro dela.

"Eu menti", ele respirou contra seu clitóris. "Eu não esqueci apenas como respirar."

James gentilmente chupou seu clitóris, seu dedo entrando e saindo de seu aperto.

"Eu quase gozei só de olhar para você mais cedo."

Os dedos dela agarraram seu cabelo, e ele sorriu contra sua boceta enquanto deslizava um segundo dedo dentro dela, passando a língua sobre seu clitóris repetidamente até que seu corpo tremeu sob sua boca.

Seus dedos a acariciaram, dentro e fora, excitando-a, persuadindo seu corpo a responder até que ela balançou contra sua mão e língua.

"James," a voz dela quase vacilou enquanto se contorcia em sua mão. "Por favor, não pare agora!"

Suas palavras saíram em um tom suave e consciente, mas rapidamente aumentaram de volume enquanto ela gritava de prazer.

Ele mordia suavemente o clitóris dela e agora chupava-o com força, os seus dedos empurrando-a com força, atingindo o seu clímax.

Ele absorveu ansiosamente seus sucos e quando o tremor de seu corpo diminuiu,

Quando ele terminou, ele se moveu acima dela.

Ele sorriu e encostou a testa na dela, deixando seu corpo roçar no dela enquanto olhava em seus olhos.

"Eu te disse, você é tão mulher quanto eles, se não mais."

Seus olhos brilharam com algo que poderia ser dúvida quando ele olhou nos olhos de James, mas então ele deixou seus dedos percorrerem seu peito e descerem até a protuberância dura em suas calças.

"É por isso que você está tão difícil?

Porque sou uma mulher como eles?"

Os dedos dela roçaram para cima e para baixo contra seu pênis, e ele não pôde evitar o gemido que escapou de seus lábios.

No entanto, ele não teve chance de responder quando os lábios dela encontraram os dele e qualquer pensamento foi apagado de sua mente.

Os dedos dela deslizaram para o peito dele e ela habilmente começou a desabotoar a camisa dele.

Ela rapidamente puxou-o para fora da calça dele e empurrou-o para o lado enquanto tirava sua camisa completamente.

O botão da calça se abriu e o zíper deslizou quase sozinho.

Ela abaixou as calças e a cueca dele o suficiente para libertar seu pênis e envolveu-o com sua pequena mão, acariciando-o lentamente, de modo que ele gemeu e se pressionou ansiosamente contra a mão dela.

Ele gemeu de aborrecimento e se levantou, tirando as calças e a boxer em um movimento e virando-se para encará-la.

Ela agora estava de joelhos e sorriu para ele enquanto mais uma vez o envolvia com a mão.

Ele se inclinou sobre ela, dando-lhe carícias lentas, fechando os olhos.

No momento seguinte, no entanto, ele espalhou-os enquanto os lábios dela envolviam a sua pila, movendo-os lentamente para cima e para baixo do seu membro duro.

Ele agora colocou as mãos na nuca dela e lentamente começou a empurrá-la para dentro e para fora da boca, gemendo enquanto ela o chupava a cada movimento.

Não demorou muito para que os golpes suaves se tornassem rápidos e curtos, Samy o chupava com mais força quanto mais rápido ele movia a cabeça.

A mão dela acariciava as suas bolas, rolando-as para trás e para a frente enquanto a sua boca se apertava à volta dele.

Quando ela estava brincando com a língua na cabeça do pênis dele, ele explodiu em sua boca.

Ela engoliu rapidamente enquanto ele enviava sua carga para ela, pressionando sua boca e garganta contra seu pênis, fazendo-o gozar ainda mais forte e com mais jatos, até que finalmente se esgotou.

Ela deslizou o pau para fora da boca lentamente e deixou seu olhar cair no chão.

Ele caiu de joelhos na frente dela, colocando a mão em sua bochecha.

Eles estavam a apenas um passo de distância quando o dedo de James traçou o lado do rosto dela, mergulhando o dedo sob o queixo e levantando os olhos dela para os dele.

"Ainda não terminamos."

A voz dele era tão baixa que causou arrepios na espinha dela enquanto ela olhava para ele maravilhada.

Ele se inclinou e pressionou os lábios contra ela, aprofundando rapidamente o beijo.

Quando a língua dele deslizou por seus lábios, uma mão deslizou por trás dela, puxando-a contra ele para que ficassem carne com carne.

Os mamilos dela pressionaram contra o peito dele alegremente, e sua nova ereção pressionou com força contra a parte inferior do abdômen.

Ela se moveu e esfregou seu corpo ao longo dele lentamente, fazendo-o gemer enquanto o beijo se tornava febril.

Ele a deitou e deslizou a saia pelas pernas.

Ele olhou para ela por um longo momento antes de se mover.

Ele se inclinou sobre ela novamente e deu um leve beijo em sua barriga, logo acima do umbigo.

Ele sorriu contra sua pele quente e começou a beijar para cima, invertendo suas ações anteriores.

Seus lábios mal tocaram seus seios antes de pousarem em seu pescoço e acariciarem seus batimentos cardíacos.

Ele latejava entre as pernas dela, seu membro pressionando contra sua fenda molhada enquanto ela envolvia as pernas em volta da cintura dele e ele deslizava os braços ao redor dela.

Em um movimento rápido, James estava sentado com ela em seu colo e, se isso fosse possível, pressionando seu pênis ainda mais contra ela.

Ela se contorceu um pouco e ele gemeu.

Ele a beijou até chegar logo abaixo da orelha e puxou suavemente seu lóbulo.

"Diga-me, Samy, você quer?"

A respiração dele estava quente contra sua pele e ela estremeceu.

"Você quer meu pau grande e duro enterrado dentro de você?"

A resposta de Samy soou quase como um gemido enquanto ela se esfregava nele.

"Sim. Por favor, James, eu queria isso desde..." mas ela rapidamente parou, com as bochechas ainda coradas, e desviou o olhar.

James não tinha ideia disso.

Ele forçou seu olhar de volta para o dela e descansou sua ereção contra ela.

"Termine o que você estava dizendo."

Ela gemeu e suas unhas cravaram levemente em sua pele.

"Eu queria isso desde que te conheci."

"Então me diga o quanto você quer isso."

Não foi uma exigência, foi mais um pedido enquanto ele deslizava os dedos sobre os seios dela, massageando lentamente sua carne.

Ele podia sentir o calor dela irradiando contra o seu pau, e estava fazendo tudo o que podia para não simplesmente jogá-lo fora e pegá-lo.

A resposta dela o surpreendeu e destruiu todo o autocontrole que ele vinha usando.

"Eu não quero isso. Eu preciso disso, James."

Os olhos dela estavam fixos nos dele agora, e ele gemeu suavemente contra sua pele enquanto ela se apertava com mais força.

"Eu preciso tanto disso, sonhei com isso por tanto tempo. Por favor. Preciso que você me foda."

Eu não podia mais negar isso a ele.

Ele não conseguiu mais se conter depois disso.

Ele a levantou até que a cabeça de seu pênis fosse pressionada contra sua abertura e então rapidamente o deixou cair sobre ela.

Ambos gemeram.

A rata dela estava tão apertada à volta do seu pénis que quando ele começou a movê-la para cima e para baixo no seu membro, o seu comprimento duro parecia ainda maior envolto dentro dela.

Ela gemeu e usando as pernas como alavanca começou a saltar em seu pênis.

Seus seios saltavam livremente contra ele e seus mamilos acenavam para ele quando ele se inclinou para frente e começou a sugar.

Ela gemeu e começou a saltar mais rápido em seu pênis, empurrando-se repetidamente.

Seus lábios estavam provocando seus mamilos, puxando-os e sugando, depois passando a língua sobre eles e mordiscando enquanto ela balançava com seus saltos, gemendo contra sua pele, enviando vibrações através de suas mordidas.

Sua boceta estava tão molhada que a umidade escorria por seu pênis, e ele gemeu quando ela intencionalmente apertou sua fenda ao redor dele, fazendo-o resistir mais a ela.

Ele inclinou os dois para que ela estivesse de costas novamente na grama e começou a bater com força seu pau dentro e fora dela.

Samy gemeu ainda mais alto, suas unhas arranhando suas costas enquanto outro impulso forte a trazia de volta ao clímax.

O espasmo apertado à volta da sua pila rapidamente fez James ejacular também e ele bateu nela ainda mais depressa, grunhindo enquanto o seu esperma quente a enchia até se derramar pelas suas coxas.

Ele caiu para o lado, ofegante.

Ele então a puxou para si, dando beijos suaves na lateral do rosto dela.

"Agora, serão necessários mais cinco anos até que você tenha coragem suficiente para fazer isso de novo?"

Ele sorriu e beijou o canto dos lábios dela.

"Nunca, James."

Samy sorriu e roçou os lábios nos dele.

"Bom, porque não acho que conseguirei manter minhas mãos longe de você por mais de um dia ou dois."

A risada de Samy ecoou pelo lago, e James sorriu enquanto se sentava e a beijava profundamente.

Este poderia definitivamente ser o começo de algo muito interessante.